Dortmunder Buch

ISBN 978-3-945238-56-1

Verlag Dortmunder Buch
Dieckmannweg 3a
44339 Dortmund
Tel: +49 (0)231 2206602
Fax: +49 (0)231 2206603
verlag@dortmunder-buch.de
www.dortmunder-buch.de

Thorsten Trelenberg

Spickzettel

Ausgewählte Gedichte

dein herz

gleicht einer verwitterten
holzhütte im nebelwald

dort lagern verborgen
geplatzte träume
& nicht eingelöste versprechen

dein herz

gleicht einer verwunschenen
holzhütte im nebelwald

meine axt lehnt
an der tür

maischnee

unerwartet überfällt
der himmel die blumen

wiesen halten des mondes
kaltes geheimnis fest

bevor es über die verschneiten
wipfel aus dem kalender

fliehen kann

überschäumend

wir treten
aus der nacht
hervor

die feuer brennen
noch

überschäumend
unsere liebe

rauschende winde

himmelwärts baum
kronen

frühling zieht des
winters schnee
stiefel aus

den tälern
fliehen rauschende
winde den hügel
hinauf

leichter tanz

voller anmutiger erhabenheit
der leichte tanz der eisberge

zielloser walzer
der aufgewühlten see zutreibend

windsbräute rauschen
voller verlangen und fallen
im freien flug

durch weiße luft
fliehen die seelen

irrfahrt

mein herz

auf irrfahrt

wo bist du

zeige dich

gewähre mir

in deinem

herzen asyl

zu wasser

in schiefergrauer nacht
hebt und senkt sich
das meer

man könnte meinen
es atmet

wetter leuchten am
horizont tobt
ein sturm

die mondin gibt
unerwartet die
nacht für uns frei

bring jetzt dein boot
zu wasser

fliehende pferde

gewaltige naturen
stürzen aus den bergen

ein wahrer welten
brand plündert das dunkel

überfällt die hungernden
in schutzloser nacht

bett und glut begraben

ein wahrer welten
untergang

auf dem rücken
fliehender pferde

dem grauen
entkommen

unweit

hinter den heimatlosen
scherenschnitten
zweier zerbrochener
sonnen

zum untergang
bestimmt

stumme wehklagen
lauschen atemlos

den dingen
in der ferne

um zu warten

mittags kam ich
ein lächeln zu erhaschen

du
dein lächeln
mittelpunkt der welt

mittags kam ich
ein lächeln zu erhaschen

nachtschwer

übersteigt klirrender frost
die wilde hecke

neumond rastet
auf knotigem steinmoos

tränen

salzige geburt
allen schmerzes

leidenschaftlicher
sturzbach

sich im duett
mit dem herzen

in leichtigkeit
auflösend

soll ich

ihnen die schuhe
oder die fresse
polieren

wir sind hier nämlich
sehr auf sauberkeit
bedacht

dezemberrosen

erfrorene
dezemberrosen

stürme in unseren
herzen

wir

lieben uns
wie meer & klippe

spickzettel

ein paar verunglückte
liebesgedichte

eine der flut trotzende
sandburg

verrostete gitterstäbe
im hinterhof

eine brüchige schiefer
wand

jeder einzelne herz
schlag

alles nur
ein schweben

alles nur

spickzettel
der zeit

schlafende äpfel

wer will schon
die schlafenden äpfel
wecken

nicht das meer
nicht der wind
nicht die mondin

die sonne

vielleicht
ein falter

zeitlos

zerbrechlichkeit
zeitloser momente

flieder verblüht
im zwecklos

straßenuhren verlieren
ihre selbstbeherrschung

im zeitlos trinken wir
wie gewöhnlich tee

und schweigen uns
ins bodenlose

eisschollen

sich beinahe lautlos
an einer fluss
biegung
liebend

lust
volles knir
schen
ein müh
elose
s ü
ber ein
ande
rglei
ten ein
ineinan
der ver
kei
len

um in den fluten
zu versinken

ohne gedächtnis

grauer morgen
über entfesselter stadt

geöffneter himmel
greift nach den häusern

zu fluten die zeit
die verwelkt

und ohne gedächtnis
im rinnstein

verschwindet

schneelast

sehnsüchtig darauf
gewartet

das ganze jahr
hindurch diese
seltsame vorahnung

beklemmung

versunken
in diesen misstrauischen
morgen
voller verschlafener magie

schicksalhafte
ausweglosigkeit im labyrinth
verwitterter
altstadtgassen

hölzerne seelen

schweigend werfen
vier hölzerne seelen
schräge schatten

ur-sehnsucht durchweht
die welt im schein
aller monde

ruhelos

ruhe
loser farb
rausch

geheimnis

dessen
grund

verborgen
bleibt

auf dem wasser

tanzt die sonne

& versetzt die sterne
in erstaunen

tanzt der wind

& versetzt die farben
in aufruhr

herzschlagechos

hunderttausendfach

an den innenrändern
meines herzens

ewigkeit
als augenblick

traumtropfen

wo das rufen
aller welten ohne echo
verhallt

fallen traum
tropfen im schmerz
losen gleitflug

durch einsamkeiten

geliebte muse

den takt deines herzens
will ich atmen

mich an deinen
honigtöpfen laben

geleite mich
durch unruhige
tage & nächte

singende stadt

wie doch die wellen
vergänglich
sind

an den ufern
lagern winter

sterne im frost

polares licht
ergießt sich

in die singende
stadt

am sonntag

blick ins himmels
blau

schwalben auf wander
schaft

erfüllt von heiter
keit

besteige ich wolken
schiffe

auf der suche
nach

ungeschriebenen bot
schaften

freitagsputz

schrubber und aufnehmer
verwöhnen die abgetretenen
stufen

mit zitrusdüften
oder den extrakten
eines anonymen
bergfrühlings

etwas glanz
darf auch nicht fehlen

wenn man beim
putzen genau hinhört

erzählt jede
einzelne stufe die ihr
eigene geschichte

liebessegel

wie ein orkan
fegt die liebe uns
über das stürmische meer
des lebens hinweg

tobende wogen
die nacht schlägt
über unseren köpfen
zusammen

wir atmen lust

navigieren nach
dem kompass der
begierden

unsere körper
zwei liebessegel

in luftiger höhe

löscht der winter
die spuren der schwalben

mit erhobenen armen
greife ich den himmel

greife ich die zitternden
feuer der sterne

gegen mittag

steigen die schatten
von ihren bäumen
herab

gegen mittag

wenn auf der anderen
seite der erde
die mondin
scheint

albtraumschwärme

in dieser nacht
röcheln dumpf die sterne

engel mit gläsernen
flügeln lieben
in einer nebengasse
den einsamen tod

über den dächern
liefern sich sturmwinde
erbitterte schlachten

albtraumschwärme
fliehen blutige tränen
weinend

zu fuß

musste ich
das universum
durchqueren

um

mein glück
zu finden

wahrheit

in schlafloser leere

dich suchend

wie du

mich suchend

in schlafloser leere

entschwundene dinge

wie ertrunkene
unter bestirntem himmel
kehren unsere erinnerungen
lautlos zu uns zurück

im bad blühen prilblumen
eine schreibmaschine lärmt
mit dem röhrenradio
um die wette

am inkontinenten kaffee
kannenhals verhindert ein
tropfenfänger schlimmeres

wohin sind all diese
dinge entschwunden

vom thymian

grausamtig behaarter
lippenblütler
violettrosa stehst du
wild am wegesrand

gekommen bin ich
dich zu pflücken

mit fleisch und kartoffeln
werde ich dich vermählen

als tee wirst du
meine leiden lindern

bevor ich genötigt bin
einen furz
zu tun

himmelwärts

an den windgepeitschten
küsten der sprache

verstummt aller wörter
laut

im schweigen der stürme
entflieht der verdunstete

atem der silben
himmelwärts

dort oben fern
der welt

wirft das abgeschnittene
wort

keinen schatten

dirty talk

bäh
bäh

igitt i gitt
uäh

bah boah

pfui deibel

uäh
bah
i gitt igitt

-

bääääaaah

verwoben

lebendige
sprache des lebens
verwoben

mit
sturmwindwetter
schwebt

zwischen himmel und
erde

ein
unverbindliches
versprechen

bald schon

tobende brandung
turmhoch

schwer beladen
dunkler himmel

zerbrechlich wirkt
das schiff

ahnungslos
der leuchtturm

suche mich

im überall und
nirgendwo

fliehe mit
streunenden hunden
durch graue
tage

finde mich

im überall und
nirgendwo

allerorts

über dem ruhrpott
hustete die sonne
versteckte sich hinter
schwarzgrauem rauch

land unter kohlenstaub

hier war farbe
nur ein wort
war schnee
nur ein anderes grau

wirklich scheinen
wollte die sonne nur
über den trinkhallen
allerorts

gesternfassaden

hoch über dem winter
löst sich die konferenz
der nordwinde auf

in frierenden strassen
wühlen sie vergessen
geglaubtes auf

verblichene fragen
lehnen an wettergegerbten
gesternfassaden

flirrende leichtigkeit

über den schrebergärten
an diesem sommertag

sie ging
einfach zu ihm
er ging
einfach zu ihr

sie gab er gab
es ergab sich

an diesem sommertag

entzündete sterne

welch eine funkelnde
ewigkeit

entzündete sterne

abschiedstränen
ferner galaxien

entzündete sterne

auftakt
langer liebesnächte

diese dichter

sagen
in ihren worten
könnte man

den duft verblühter rosen
finden
das salz der meere
schmecken

sie sagen
mit ihren worten
könnte man

das rätsel des lebens

lösen

untröstlich

auf steinigen grund
gesetzt ruhen schweigend
die boote

auf steinigen grund
gesetzt ruhen geraffte segel
ohne gesang

ohne trost
die fischer auf der mole

bitterkeit

in jener ungewaschenen
stunde der schreienden

bin ich gekommen
unsere schatten zu füttern

verströmt

dunkelheit treibt
schwebend

über fahlen wassern
tanzend

verströmt frühlingsregen
vergessen

vom juli

rote mondin über ziegel
dächern atmen flüchtige
träume den juli

was wohl ahnen die
schwalben vom gewicht
der wütenden steine
am ufer

wohlwissend

ich bin ein
nichts

wohlwissend
bin ich

erkenntnis
eines selbst

voller sehnsucht
nach dem

was man zukunft
nennt

betäube

den schmerz
der mich am tag
überfällt
wenn ich mich mit
der sehnsucht nach dir
umhülle

betäube

jenes verlangen
das mich in der nacht
überfällt
wenn ich den salzigen
geschmack bitterer
tränen schmecke

wörter werden

das papier
finden

werden
den himmel
finden

werden
vers
dichtung
jetzt

ausschau halten

hinweg

über das
dunkel der nacht

hinweg

über das tal
über die berge

hinweg

über das meer

hinweg

ausschau halten

wipfelmondin

über mohnfeldern
opiumgeschwängert

irrt der lauf
einen atem lang

letzte unruhe stockt
im unabänderlich

vaterwelken

auf dem grund
gesteinigter frühlinge
verwelkte erinnerungen
im obdachlos

durch zerfallene
mauern hindurch weht
bitterer atem

rote propeller

an meinem ausgetreckten
arm hängt ein flugzeug

kein düsenjet
kein bomber

an meinem ausgestreckten
arm hängt ein flugzeug

bunt und mit
roten propellern

das nimmt mich mit
jeden tag aufs neue

fliege ich damit
über alle abgründe
hinweg

widerschein

im widerschein des sonnenlichts
zerfließt die mittagsstunde

hinter sich wiegenden halmen
verneigt sich die wasserlilie

abgetakelten schiffen gleich
ziehen wolken träge
nahe dem grund
der hoffnung vorbei

lobpreisung

kein wort zu finden
dich zu preisen

dich zu loben

wie nur vermag ich
unsere liebe
zu beschreiben

wenn sich über uns
die mondin
wieder zeigt

krüppelhaft

in einer weite
die nicht enden will
eng
aneinander geschmiegt
nicht
jedoch einer an den anderen
sondern ein jeder an den stein
denn
nur dieser bietet schutz
auch
wenn er schon
vor tausenden von jahren
erkaltet
ist

ungeahnt

meer

wenn abende
mit sanftem blau
gezeiten überdämmern

vertraue ich
deinen salzen geheime
dinge an

im ungeahnt
lastet reglos

geheimnisvolle stille

balanceakt

über die brücke
hinweg
fliehen die liebenden

lauthals schreiend

ach
was ist die liebe doch
für ein balanceakt

innenräume

einsamer nachtwind
schlaflose leiber

die mit jedem atemzug
zu unentdeckten sternen
reisen

doch die liebenden wissen

für den der liebt
endet die nacht nicht

wenn der morgen dämmert

nachtschwalben

winde
schieben die nacht
beiseite

gewitter
schlagen den boden

antworten
fliehen gegenwarten

verlangen
an der schwelle zum
nichts

entgleitet

ihre erinnerungen

noch immer süß & salzig
ihre erinnerungen
an die ersten küsse

gemeinsam atmen beide
das unschuldige licht
eines neuen tages

mitternachtssonne

unter dir schlafen die winde

scheinbar niemals ruhen
die myriaden schwarzbepelzter
mücken

beharrlich erwarten sie die ankunft
verschwitzer & sönnenölgebeizter
wanderer

für die sie doch
so schwärmen

winken

wie wunderfalter winken
worte nach dem regenguss

verwandelte zeit jetzt
flüchtiger regenbogen

das schweigen der drossel
durchdringt den augenblick

goldstaub

auf langen schwarzen wimpern

darunter zwei monde
die im halbdunkel des rosengartens
meine blicke suchen

ratlos

endlich kann ich
aufbrechen

& will nicht mehr

endlich kann ich

& bin doch nicht bereit

ratloser november
himmel

Thorsten Trelenberg

Lyriker, Kinderbuchautor &
Flusspoet

Mitglied im
Verband deutscher
Schriftstellerinnen und Schriftsteller
(VS in Verdi)
und im PEN-Zentrum Deutschland

ist mit Kurzgeschichten und
Gedichten in zahlreichen
Anthologien vertreten und
veröffentlichte bis heute
zahlreiche Gedichtbände, über 20
Kinderbücher,
sowie 5 CDs mit vertonten
Gedichten.

2012 Alfred-Müller-Felsenburg-Preis
für aufrechte Literatur

www.thorsten-trelenberg.de

Beim Verlag Dortmunder Buch sind erschienen:

Peter Gallus

Vor Allahs Angesicht - Roman
Going Upstairs - Roman über den afrikanischen Exodus
Der Ritter mit dem eisernen Halsband - Roman
Das Eiserne Halsband des Lambert von Oer - Dokumentation
Tod vor Toulon - Roman aus dem Seglermilieu
Der Schulstreit von Havixbeck - Theaterstück
Das Weihnachtsmusical - Über die Geburt Christi
Buße für Melchior - Theaterstück
Das Eiserne Halsband - Theaterstück
Pastorin & Kalaschnikow - Krimiserie

Thorsten Trelenberg

Das atmende Lid - Ausgewählte Gedichte
Flusspoet - Ausgewählte Gedichte
Poesieoasen - Ausgewählte Gedichte
Herzklappenartisten - Ausgewählte Liebesgedichte
Aschegeister - Ausgewählte Gedichte
Emscherland - Ausgewählte Gedichte
Aus Worten geboren -
Zauberwort -
Über die blaue Steppe -
Zweisprachige Gedichte, Deutsch/Russisch
Meintagsfliegen - Ausgewählte Gedichte
Ruhrikus, Band 1–6 - Ausgewählte Gedichte

Dr. Helmut Martens

Wo die ganze Gestalt der Dinge sich ändert - Gedanken zum Hölderlin Jahr 2020
Arbeit und Demokratie- Sachbuch

Dr. Wilfried Grewing, Bernhard Lüke

Die Heiligen von Kakesbeck - Sachbuch
100 Jahre Hünnebeck - Sachbuch

Dr. Gerd Möller

Erinnerungen einer Mutter von fünf Söhnen - Biographie
Das Leben ist ein Streichelzoo - Biographie eines Widerspenstigen

Liza Wandermaler

Apokalyptische Zärtlichkeiten- Ausgewählte Gedichte

Gerd Puls

Silberfunken - Schattenflug - Roman

Günter Sehrbrock

Die Nacht - Roman

Dr. Karsten Weber, Andreas Raub

Dahintergeblickt - Bilderbuch

Jan Michaelis, Barbara Klein, Judith Gottschalk, Elisabeth Jansen, Peter Gallus, Heidelore Verhasselt

Frauen–Mörder–Mörderinnen - Krimianthologie

Thorsten Schröder

Wärmequellen für Wärmepumpen - Sachbuch

Heidelore Verhasselt

Lebenskarussel - Biographie

Barbara Klein

Halifax and More - Erlebnisbericht
Josefus von Speckstein - Kinderroman

Patrick Fichter

Mein Plan ist kein Plan - Reisetagebuch

Literatengruppe Dortmund

Die Lynchen uns - Kettenroman
Schön hier - Lieblingsplätze und Herzensorte

Peter Dürrbaum

Manchmal denke ich an Cordes - Erinnerungen

Ali Fuat Kop

Suskun Diller Diyari - Gedichtband (Türkisch)
Eylül'de Sekizlerin Türküsü - Roman

Hassan Lütfi Kop

Blutregen über Kurdistan - Roman (Türkisch)
Kurden und Kurdistan - Geschichtsbuch (Türkisch)
Devre-i mihne - Gedichtband

Margarete Koppetsch

Gleich einem Sommertag - Biographischer Roman

Roland Höft

Wir schaffen das [nicht] - Chronik eines Staatsbankrotts